U0060928

魔女沫沫的另類修行

追蹤魔待任務

5

蘇飛 著
Tamaki 繪

目錄

角色介紹

羅賓

魔女沫沫的修行助使，牠是一隻十分囉嗦的知更鳥。

沫沫

小魔女，十歲。外表與人類相似，但長得十分矮小。她臉色雖有些蒼白，神情也很冷酷，卻宛如洋娃娃般精緻美麗。有時沫沫為了幫助人類，會違規使用魔法。

齊子研

小魔女，十一歲。聰明而有點高傲，個性外向而衝動，沒有耐性，脾氣來得快也去得快。

喬仕哲

小魔子，十一歲。子研的表哥，是守規矩的乖乖紳士，不喜歡觸犯規則是因為不想讓自己陷入危險或不好的事情當中。

房米勒

小魔子，十一歲。魔法力不高，常被同輩欺負，但為人熱情憨厚，總是熱心助人。

嚴農

沫沫的養父，是魔侍中的貴族。由於擅長煉藥，被人稱為魔法藥聖。

魔侍知識

ᔗᔕ 滅火力 ᔕᔗ

撲熄火種。

咒語：
卡塔斯微熄，滅！

ᔗᔕ 速度力 ᔕᔗ

能使速度加快。

咒語：
德起稀達，速！

ᔗᔕ 變聲力 ᔕᔗ

讓對方發出指定人物、動物
或物件的聲音。

咒語：阿拉氣佛逆斯──
（人物／動物／物件）！

ᔗᔕ 隱身力 ᔕᔗ

讓自己隱去身影。

咒語：
拉浮雷雅，隱身！

ᔗᔕ 飛行力 ᔕᔗ

可以騰空飛行。

咒語：
提希而，騰空！

ᔗᔕ 拔除力 ᔕᔗ

拔除某物。

咒語：
梅達基泥息，拔除！

ᔗᔕ 顯露力 ᔕᔗ

讓躲藏的東西顯露出來。

咒語：
阿捕卡匿不躲，顯露！

ᔗᔕ 衝破力 ᔕᔗ

衝破某物。

咒語：
阿那夾立撲撕，破！

魔侍手冊

每個魔侍都有一本魔侍手冊，翻開第一頁即寫明魔侍必須遵守的守則。

魔侍們還可以透過魔侍手冊查找所需資料，比如找出需要幫助的人類資料、煉藥小屋可以安置的地方等等。

綠水石

一塊晶瑩剔透、大小有如一顆雞蛋的暗綠色石頭，屬於稀有魔法物品。

通過它，魔侍能看到某個人類的行動與狀況。它還具有預示危險事件的魔力及視像通話功能。

魔法緞帶

一種特殊魔法道具，必須通過提煉而成。有各種不同功能的魔法緞帶，比如變形緞帶、搬運緞帶、移行緞帶等等，每種緞帶具有不同顏色。

魔法手印

兩掌掌心朝上，拇指捏住中指，往中心移動使兩手食指相連。動作是輔助專注意念，高階魔侍無需動作也可施行魔法力，但低階魔侍通常需要動作輔助，讓意念專注才能有效發揮魔法力。

這些都只是一小部分的魔侍知識。若想提升魔法力，你就要多留意書中提到的各種知識了！

╼魔侍守則第一條╾

不能用魔法有意傷害人類。

╼魔侍守則第二條╾

與人類保持距離，
不能與他們成為朋友。

╼魔侍守則第三條╾

守護人間正義及秩序，
有能力者必須幫助地球上
需要幫助的人。

引子

　　在很深很深的叢林裏頭，住着一羣不為人知的特別物種——魔侍。

　　魔侍的外觀與人類相似，他們與人類最大的分別，就是擁有某些特殊的神秘力量——魔法力。

　　魔侍與世無爭，熱衷於修行，並分為三個族羣——費族、仁族和松族。

　　他們與人類一樣有男女之分，男的被稱為魔子，女的則喚作魔女。

　　魔侍與人類原本河水不犯井水，互不相干。直到某一天，一位人類踏入他們位於叢林深處的家園……

從此，人類便與他們扯上了關係。

叢林周邊的小城鎮開始有一些關於他們的流言蜚語，甚至有人傳唱：

潘朵拉的盒子開啟了

在東方最隱秘的森林

魔女狂妄起舞

酷暑夏至來臨

眾星繞月之時

傲慢人類承受浩劫

魔侍不喜歡人類對他們的誤解，因此他們之中有些人走出叢林，來到人類的世界。

如果你遇見了他們，是幸運，還是不幸呢？

第一章
無所遁形

度乙諾走在漆黑的逃生梯上。這時間大夥兒還未上班，配電設備都還沒開啟。

他一步步踏上梯級，來到一道門前。

他熟練地拿出開鎖工具——一根鐵線，往鑰匙孔轉了轉，「嗒」的一聲，門開啟了。

他扭開門把，用力地推開！

光從門的另一頭透進來，他匆匆走進**光芒透亮**的地方。這兒視野非常廣，幾乎沒有建築物擋住視線。

度乙諾發現角落有幾張桌椅，走過去查看。

這裏像是給人們休息的地方。度乙諾拿出手機拍下現場的模樣，**喃喃自語**道：「不可能，小朋友發帖説在這商場的頂樓喝了一杯像彩虹一樣五顏六色，冒着泡泡，非常好喝的飲料。喝了

之後變得很開心，好像還看到**滿地開花**⋯⋯」

他趨近桌子，聞了聞，露出欣喜的表情，道：「我就知道，這裏一定是偽裝成咖啡館。咖啡粉的味道可不是那麼容易消除的！」

他把身上的工具袋放在地上，攤開來，裏頭有形形色色的搜證工具。度乙諾儼然如一名專業的鑑定師，拿出一個小掃子，掃了掃桌子，再拿出放大鏡檢視桌子上的東西，喃喃自語：「別以為你們消除掉了。只要做過，必定留下痕跡！我一定讓你們**無所遁形**⋯⋯」

突然，他像發現新大陸般興奮地跳了起來，喊道：「找到了！哈哈哈！找到了！找到了！」

興奮地叫了幾聲後，度乙諾回復鑑定師的認真表情，慎重地用鑷子從桌上夾起一粒細細的顆粒，放進四方的透明袋子內，封起來。

「嘿！回去再仔細驗證是不是咖啡粉。如果是，你們這次偽裝成咖啡師的**伎倆**可沒辦法逃脫我的法眼！」

説着他拿着一個小掃子蹲下來，小心翼翼地這裏掃那裏掃，繼續搜查現場證據。

　　「這草坪有被人踩踏過的痕跡，從踩踏的鞋印就可以查出穿這雙鞋子的人走過哪些地方，那地方的泥土有什麼跟人類世界不同的成分⋯⋯」

　　度乙諾一一搜集這些鞋印上的**細碎泥土**，並把它們分別放進塑膠袋內封好，標上發現地點、日期和時間。

　　度乙諾來到的地方，是商場的頂樓露台。這兒，正是麒麟閣士南德昨日經營咖啡館的地方。

　　為了測試沫沫及三位小伙伴是否有能力幫助他們查探古生物事件的幕後魔侍[*]，科靜和葛司先

---

[*]想了解古生物事件，以及沫沫接受麒麟閣士南德等人測試一事，請看《魔女沫沫的另類修行3：謎之古生物》及《魔女沫沫的另類修行4：遊歷人類世界》。

救出被拐走的人類小女孩，再分別化身為小女孩和歹徒，看沫沫他們能不能在不驚動人類的情況下，救出小女孩。他們在商場頂樓的露台設立了臨時咖啡館，南德偽裝成咖啡館員工，安撫被拐走的人類小女孩。

完成測試後南德和葛司負責清理咖啡館現場，雖然個性**謹慎行事**的麒麟閣士葛司一向都會仔細地清理魔侍待過的地方，但這一次，還是留下了小小的痕跡。

不過，這也是葛司萬萬想不到的，畢竟沒有人類知道他們來過這座商場，更不會有人這麼仔細搜查他們到過的地方啊！

誰能想到社交媒體上一則毫不起眼的帖文會引起魔侍瘋狂愛好者——度乙諾的注意？

沒錯，度乙諾，正是一位相信這世界存在着魔侍，並且對魔侍着迷，**千方百計**尋找魔侍的人類！

第二章
只有我們知道的事

度乙諾是某某大學研究生，主修人類及考古學系。某一天，他跟着老師去考察**出土文物**時發現了魔侍的蹤跡。

那魔侍當時背對着度乙諾，蹲在地上，正用力拉扯出地底下的某個東西。

度乙諾以為他是**挖掘古物**的工作人員，想着過去幫他，卻發現那人拉出來的並不是什麼古物，而是一種怪異的生物！

那生物伸出地面的部分是幾根觸手，那觸手像八爪魚一樣拼命地揮舞扭動，有幾條觸手被抓住了，另外兩條纏繞在那人的手臂上。這時，纏在手臂的觸手鬆開來了，朝那人攻擊，打在他的手臂、身體上。

度乙諾瞇起了眼，替那人疼痛，心想：「被

那麼粗壯的觸手打在身上，一定痛死了！」

度乙諾馬上拿出隨身攜帶用於挖掘的小鏟子，過去支援。此時，他目睹了神奇的一幕——那觸手裏面竟然還伸出了一隻小觸手，往那人臉上衝去！

突然，度乙諾聽到一段奇怪的語言，然後小觸手竟然起火，燃燒起來了！

那觸手全部縮回洞口，在那兒**微微顫抖**着。

那人呵口氣，道：「好好對待你，你不願意，只好用這招來制住你。來吧，乖乖跟我回去。」

小觸手還在燃燒，度乙諾醒覺到即將看到的也許是可怕的生物，自動躲去樹的後方。

只見泥土中蹦出一隻小生物。那生物有着鴨子一樣的頭，頭的周邊卻長着許多觸手！牠身體瘦長，有四肢，四肢上的三隻腳趾之間長着蹼。

度乙諾腦海滑過許多可能性，比如這隻怪物是實驗室研究出來的基因變種怪物、自然基因突變的鴨子、地球上還未發現的*稀奇物種*……

他看呆了，完全不曉得要害怕。

怪物似乎一點兒也不驚慌，乖乖地定在那兒，接着那人又唸出一串奇怪的語言，怪物觸手的火立即熄滅了。

那人把怪物放進一個小籠裏，說：「下回可不要亂跑出來了。你不屬於人類的世界，不能犯規。再說了，人類世界到處都是想抓你去做研究的人，你跑來這裏對你沒有半點好處，還會帶來致命的危險。」

想不到更怪異的事在度乙諾跟前發生。

怪物居然**張合着嘴**，說：「我只是好奇魔侍世界以外的地方是什麼樣的，看一眼就回去……」

「有些事是絕對不能觸碰的，記住，好奇心會害死同伴，可不要忘了以前的教訓。」

說着，那人拿出一根緞帶，往上拋去，瞬間在度乙諾眼皮底下消失了！

度乙諾過了好一會兒才醒覺過來，他慢慢走

向剛才怪物和像會變戲法一樣的人站着的地方，喃喃唸道：「魔侍世界？」

這是度乙諾頭一回聽到魔侍世界的事，也是第一次碰見魔侍和古生物。

被度乙諾看見的魔侍，是哈里斯先生，他那會兒是尼克斯魔法修行學校的訓練所所長，而他抓到的生物是從訓練所逃出來的助理，是一種叫「魁」的古生物。「魁」擁有的九隻觸手，能一次過應對逃竄的訓練所生物，牠一直以來都是哈里斯先生的得力助手，想不到這回牠卻自己逃了出來。

度乙諾把所遇見的事告訴同學和老師，但當然沒有人相信。於是，他把自己的經歷寫在**社交媒體**上。

一個月過後，他收到了一則訊息。

「你好！看到你的帖文讓我興奮了好多天。你知道嗎？我等着跟我有一樣經歷的人，已經等了整整十幾年。我在好多年前碰到過魔侍……」

那個人兩天後就來到度乙諾所住的大學宿舍，他背着登山背包，手裏拿着一個類似探測器的東西，掃描度乙諾的臉部，笑眯眯地說：「我是淺倉次郎，之前是Z國國防部部長秘書，現在是**無業遊民**，每天在搜尋關於魔侍的資料。」

　　「你知道嗎？上一回我在古老城的時候，得到了關於魔侍存在於這世界的有力證據……」

　　淺倉次郎一來到就滔滔不絕發表他之前所搜集的所有資料，度乙諾也將自己的經歷**原原本本**地從頭述說一遍給他聽。

　　「我從小就跟人說，魔侍存在於我們的世界，但從來沒有一個人相信，每個人都說我有妄想症，還有人說我是瘋子。」

　　「我也一樣被教授和同學說我有病，快點去看醫生。」

　　「他們不知道自己錯過了什麼。」

　　「人類總是不願相信*超出常規*的事實。」

　　「魔侍的確存在。」

「他們會使用魔法！」

「我們一起把他們找出來！」

「對！一定要找到魔侍！」

兩人興奮無比地說個不停。

他們一拍即合，決定組織一個「**魔侍愛好者聯盟**」。

後來，陸續有人類加入他們，他們的團隊越來越壯大，有人負責整理資料，有人負責搜集各種「不正常」的現象和奇聞異事，有人負責到現場搜查，有人負責驗證。

他們設立了一個集合點，裏頭有完整的實驗室設備和資料中心，也是他們日常聚會的場所，簡稱「**魔聯**」。

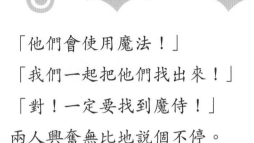

度乙諾興奮地收好所有搜集到的證據，然後他拿出手提電話，對着電話錄音道：「次郎，我

找到**重要線索**了！現在馬上趕回魔聯！」

　　他背着個大背包，邊說邊朝頂樓出口衝去。

第三章
代號「鼴鼠」行動

南德在校長室內來回踱步，葛司坐在旁邊的位子上**閉目養神**。科靜面對着他們，若無其事地在辦公桌翻閱秘書維拉交給她的公文。

南德望向牆上的貓頭鷹輪廓時鐘，時間接近下午五點，他搔了搔那一頭亂髮，眉毛往下彎，道：「還要等多久啊？」

葛司微睜開眼，眼神凌厲地瞄向南德，南德趕緊閉嘴，歎了口氣，繼續**來回踱步**。

科靜在文件上蓋了印章，把文件放到一旁，說：「提煉魔法緞帶可不是快就能做好的事。南德你**稍安毋躁**。你那麼着急，只會給沫沫添加壓力。」

南德苦着臉說：「我知道提煉緞帶快不得，但時間那麼緊迫，就不能先去查探嗎？」

葛司和科靜同時瞪着南德，南德自知說了不該說的話，趕忙說：「對不起。」

　　科靜呵口氣，平靜地說：「大家都急着想快些找出釋放古生物的魔侍，但心急只會壞事，洩露我們的『鼴*鼠』行動，到時可就打草驚蛇，讓敵人有了**防範**，更不可能查出來。」

　　「鼴鼠」是他們這次行動的代號。

　　南德乖乖地點頭。

　　葛司瞟一眼南德，道：「你不只需要多一點謹慎，還需要培養多點耐性。」

　　南德搔了搔頭，哈哈笑道：「是，是！耐性不足是我的缺點，不過你**一板一眼**的個性也要改改比較好。」

　　葛司翻了個白眼，科靜看着他們倆，不禁笑道：「別拌嘴了，讓小魔侍們看見會壞了麒麟閣士的威嚴。」

*鼴：粵音「演」。

「對啊！我發現那位叫子研的小魔女好像對你很崇拜啊！」南德**調侃**葛司道。

葛司還想回嘴，南德耳邊竄進石門開啟的聲響，趕緊說：「沫沫煉好緞帶了！快準備準備。」

果然，過了幾秒，就看到沫沫走進校長室。南德的靈敏聽力可是他的強項，他剛才聽見的，正是沫沫煉藥房的特殊鑰匙——雅米巴蟲開啟時的聲響。

沫沫提着幾條變形緞帶走進來，將緞帶交給科靜。

葛司呵口氣，說道：「『鼴鼠』行動正式啟動，我們必須制定**萬無一失**的查探計劃，揪出內奸。」

南德皺了皺眉頭，問道：「可是，要怎麼揪出虐打犰狳小球，讓牠挖洞通去古地窖，偷偷放出古生物的魔侍？」

科靜望向沫沫，提問道：「沫沫，你會如何找出內奸，又不**打草驚蛇**？」

沫沫鎮定地説出想法：「現在線索太少，只能確定這個內奸曉得古地窖的入口，同時，他應該知道狗頭豬的弱點，要不然也無法引狗頭豬走出古地窖。」

　　科靜點點頭：「分析得不錯。還有呢？」

　　沫沫回道：「古地窖的入口只有部分麒麟閣士知道，而**通曉**古生物習性的麒麟閣士並不多。另外，也有可能是麒麟閣士無意中把古地窖的地點透露了給身邊的魔侍。」

　　沫沫頓了頓，繼續説：「如果身邊的魔侍再無意中洩漏給其他魔侍──」

　　一旁的羅賓聽到這裏，忍不住插嘴道：「我的天！那真是**沒完沒了**，很可能一個傳一個。」

　　説完牠才發現不應隨便發言，趕緊捂着嘴，讓自己不再多話。

　　南德睜大了眼，問道：「那不是所有魔侍都可能無意中知道，所有魔侍都有可疑？」

　　沫沫**頷首**，回道：「是。」

科靜似乎知道沫沫有其他想法，但她沒有繼續問沫沫。

她轉向葛司，道：「看來，就只有這個辦法了，葛司。」

科靜吩咐葛司的同時，手邊取出一張地圖，攤開在桌上。

葛司歎口氣，無奈地撇撇嘴，道：「雖然我不想請牠幫忙，但既然科靜閣士長堅持，我只好把牠請出來了。」

南德皺皺眉頭，一臉危難地說：「請你讓牠**高抬貴手**，別燒到我這兒就好。」

「請誰幫忙？你們到底在說誰啊？」羅賓納悶地說。

沫沫和羅賓正感到**一頭霧水**，這時，葛司從懷裏取出一個盒子，盒子內是一隻小小的生物。

那是隻體形相當大的甲蟲，全身烏黑發亮，頭前方有三隻角。沫沫看過昆蟲圖鑒，脫口而出

道：「這不是俗稱『三叉戟犀金龜』的南洋大兜蟲？」

誰知沫沫一說完，從大兜蟲的中央的尖角那兒竟然噴出一道火，嚇得羅賓和沫沫趕緊往後退了好幾步！

「這，大兜蟲可不會噴火啊？」沫沫感到不可思議。

「別胡亂稱呼我，請叫我預測師賈也。」

「預測師……假也……哈！是不是你預測的都是假的啊？」羅賓說着，忍不住撲哧笑出聲來。葛司和南德趕緊露出警告的眼神，沫沫朝羅賓喚道：「快飛走！」

說時遲那時快，一道火光已射向羅賓，羅賓驚慌展翅，但還是燒着尾巴末端，急得大叫：「快幫我滅火啊，沫沫！」

未等沫沫撲過去滅火，葛司已趕緊唸出咒語：「卡塔斯微熄，滅！」

葛司施行的魔法力是滅火力，羅賓尾巴上的

火苗立即熄滅，但牠美麗的淺灰色羽毛還是被微微燒着，多了一層褐色邊。

羅賓愁眉苦臉地哀歎：「怪不得南德會說別燒到他……」

「哼！**不識好歹**的笨蛋。」賈也冷哼道。

羅賓忘了疼痛，怒目盯着賈也：「我……笨蛋？怎麼會有這樣沒禮貌的傢伙！」

「誰說我沒禮貌？我可是優秀的麒麟閣士葛司最看重的修行助使！」

賈也憤怒地舉起尖角，似乎又要噴火，科靜趕緊過來打圓場：「現在最重要是能夠找出誰是可疑的魔侍。賈也，你應該有辦法找出來，對吧？」

「嘿，這點小事怎麼可能難倒我？」

說着賈也快速爬去桌上的地圖，三隻尖尖的角抖動着，像在施行什麼奇怪的魔法。

羅賓轉過頭，悄悄對沫沫說：「這修行助使比牠的主人更**高傲無禮**。」

沫沫趕緊示意羅賓別說，免得賈也或葛司聽見。

這時，賈也用牠頭上的三隻尖角掃射地圖中的某個地區，就像掃描機器在掃描地圖。不久，牠掃射完全部地區，停到地圖邊上。接着，神奇的事發生了。

地圖上有幾個地方竟然顯現金色的**火苗**！

第四章
預測師賈也的推測

　　圍觀的眾人眼球都映出個小小的火苗，沫沫和羅賓不禁對賈也的神奇力量感到驚歎。

　　南德把火苗拍滅，並唸出發出火苗的地區名，記錄在魔侍手冊。

　　「懲戒部……麒麟閣……盲藤居……尼克斯魔法修行學校……慢着，尼克斯魔法修行學校？賈也你不會搞錯了吧？尼克斯魔法修行學校怎麼可能有**內奸**？」

　　還未說完，賈也已經向南德噴火……

　　南德雖然迅速向後移開去，但還是被火燒到了幾根髮尾，空氣中散發一股燒焦味，南德不禁**埋怨**：「每次叫你出來準被燒到，唉！」

　　「誰都不准質疑我的預測。你說吧，我哪一次預測是錯的？上回我幫你們預測人類小女孩會

在商場的四樓被拐帶，有錯嗎？」

南德無奈地晃了晃頭。

「狗頭豬出現在桑林鎮的近郊，有沒有錯？」

南德又無奈地搖搖頭，但他還是忍不住說道：「不過尼克斯魔法修行學校是學校，裏面都是學生和老師，而且還是科靜閣士長辦的學校，怎麼可能——」

科靜為免賈也再次噴火，趕緊說：「賈也預測學校有可疑魔侍，既然是可疑，那就是說，內奸並非百分百藏在學校，南德你無需太在意。」

南德這才停止了異議。

這時，賈也突然**四腳朝天**地倒在桌上，葛司趕忙將牠放回盒子內，並收進口袋。

羅賓小聲問南德：「賈也怎麼了？」

「牠每回預測完都是這副模樣，進入休眠狀態。」

羅賓恍然點頭，說：「就像我使用了火箭沖

後一樣，必須昏睡二十四小時來恢復體力。」

「嗯，原理差不多，都是**消耗**了太多能量，需要休息。」

科靜看向他們，詢問道：「現在，我們得到了預測師賈也的預測，可以從這幾個地區着手調查。先從哪個地區下手？」

大夥兒看向這幾個地區。

科靜對大家說：「懲戒部，是犯了魔侍法則或規則的魔侍被關押或審判的地方。麒麟閣，不用我說，大家都知道是徵集和管理麒麟閣士的地方。至於盲藤居，在**極地**寒冷地帶，至今幾乎沒有魔侍去過，魔法修行學校就不需要說明了。」

「這幾個地區，由『鼯鼠』行動的成員分頭去追查。」葛司邊說邊從地圖上標示出所說的地點，「麒麟閣讓我來**查探**。南德負責懲戒部；科靜前閣士長負責盲藤居。沫沫，你和小伙伴們就在尼克斯魔法修行學校查探。」

科靜點點頭，道：「這安排不錯。我任職閣

士長時結識了一位魔侍，他的親屬曾到過盲藤居，可以找他詢問。葛司的謹慎個性在麒麟閣中查探最能**掩人耳目**。沫沫和小伙伴本來就在尼克斯魔法修行學校就讀，追蹤起來不容易引起懷疑。至於南德，你獨個兒負責追查懲戒部……」

南德立即説：「沒問題！就算裏頭有**窮凶極惡**的魔侍我也有辦法應對，別忘了，我除了耳朵靈敏，還很厲害裝傻啊！」

葛司撇撇嘴道：「懲戒部的新主管可是做事不講情面的關姐，她手下還有個脾氣陰晴不定的魔女坎特貝拉，每天想着用什麼方法懲罰魔侍。」

沫沫和羅賓聽得**一驚一乍**的，想不到懲戒部的主管和下屬那麼可怕。

南德抬高眼眉，滿臉不在乎地説：「那又如何？她們對我這種看起來就很遵守規矩，不可能觸犯規則的魔子沒興趣，也不會放在心上。」

「是就好，每次讓我幫忙滅火的傢伙。」葛司呵口氣，似乎覺得南德很不省心。

於是，葛司和南德各自拿了沫沫提供的魔法緞帶，執行「鼴鼠」任務去了。

　　他們走後，科靜問沫沫：「剛才你不是說範圍太大，很難查出誰是內奸嗎？」

　　沫沫點點頭，道：「嗯。」

　　「雖然很難，但你還是覺得有辦法查出來，對不對？」她看進沫沫眼底。

　　沫沫覺得沒必要隱瞞科靜，回道：「是，其實可以從小球這條線索追查。我們可以請小球回憶逼迫牠挖地洞通去古地窖的魔侍，是一位什麼樣的魔侍，具有什麼特徵，從中找出**蛛絲馬跡**。」

　　「那你為什麼不願意從這個線索調查？」

　　「我⋯⋯不希望小球再次受到傷害。」沫沫停頓一下，說：「要小球回憶當初被虐打的細節，對小球來說太殘忍了，牠好不容易才在訓練所穩定了情緒。」

　　科靜讚賞地點點頭，覺得沫沫*心思細膩*而

善良，但她還是說：「我知道你是為小球着想，但有時候為了快一點找到罪犯，我們無法照顧到受害者的情緒。」

沫沫有些疑惑，問道：「難道為了找出兇手，就要一而再地挖掘受害者的傷疤？」

「只有面對傷害，儘快找到罪犯，才不會有其他受害者出現。這世界有時候就是這樣殘酷。沫沫，你要記住，**_要找出真相，必須不怕面對傷害。_**」

沫沫雖然不太理解這句話的含義，但她覺得科靜校長說的話一定有她的道理。

「要找出真相，必須不怕面對傷害……」沫沫重複着科校長的話，內心浮現最近一直讓她牽掛的事。

自從知道母親在盤天工場工作後，她一直想着去探望母親，但她也知道自己身上隱藏着某個秘密，絕對不能讓其他魔侍發現她和母親的關係。

「要不要讓科校長知道我知曉母親在盤天工場工作的事呢？」

沫沫心想着，想起與科校長初次見面時對她說的話：「我也許不是最好的老師，但學生需要我的時候，我一定**義不容辭**地維護他們。」

「科校長是父親和母親的老師，對我們的事很清楚，她應該能理解我。」

於是沫沫鼓起勇氣，問道：「科校長，你對於我的母親，不知道有什麼看法呢？」

你說
你母親？

「嗯。」沫沫**斟酌**一下，問出口：「我知道她在盤天工場工作。不知道她在哪個部門，做什麼樣的工作呢？」

科靜看着沫沫，緩緩說道：「你想去找她嗎？」

沫沫點了點頭。科校長總是很容易看透她的心思。

科靜馬上慎重地說：「請不要**輕舉妄動**。沫沫，你要知道，你的父母都是非常出色、善良的魔侍，他們之所以無法跟你見面，絕對是為了保護你。」

「可是，科校長，剛才你不是說要知道真相，必須不怕面對傷害嗎？」

「是，但面對傷害和避免受到傷害，是完全不一樣的事。」科靜關愛地看着沫沫，道：「我們不能讓你受到傷害。」

「我父母來見我，會讓我受到傷害？為什麼？」沫沫感到很困惑。

「你只要知道，他們是世界上最愛你的魔侍。」

「我能知道為什麼他們不能來見我嗎？」沫沫不放棄地詢問。

科靜想了想，說：「沫沫，你現在要做的，是學習好魔法知識和魔法力。別忘了，你身上還具有某些不為人知的力量——**魔覺力**，我和你父母都有責任保護你不受到傷害。」

科靜眼神流露出誠摯與關愛，但面容是謹慎與嚴肅的。

沫沫知道無法從科靜口中**探知**到任何線索，於是也不再詢問，但她並沒有放棄追尋母親的行蹤。

第五章

詭異的笑容與白麵包

深夜，魔女宿舍內一片靜謐。

這時間，大夥兒都已經沉沉入睡，只有窗外的蟲兒在發出**此起彼落**的蟲鳴，似乎進行着大合唱呢！

月光從緊閉着的玻璃窗透進來，漆黑的走廊顯現一道銀色的光影。

這時，有扇房門開啟了，發出細微的吱呀聲。

一對穿着室內拖鞋的腳從門內走出來，幾乎沒有發出聲響地慢慢走在微弱的光影下。

她走到宿舍的另一端，迅速轉到通往地下室的樓梯，不一會兒，又走了上來。

她停在自動販賣機前方，口裏**窸窸窣窣**地唸叨一道咒語：「攔補熄，發光！」

販賣機突然發出一道詭異的光芒，那光閃爍幾秒即消去，但已映照出她那圓滾滾的臉龐和惺忪的眼袋。她，竟然是舍監好然！

好然似乎已經完成要做的事，慢慢地走回房間。

她打了個大大的哈欠，對着牀頭邊上的修行助使——一隻黃綠色條紋的褐色樹蛙說：「阿准，明早別忘了同一時間叫醒我。」

「是！」名喚阿准的樹蛙以扁平的聲音回應，牠眨了眨兩隻惺忪的大眼，然後跟好然以同一姿態趴在牀上**呼呼睡去**。

第二天，天色還未亮，沬沬就匆匆走出宿舍房門。她擔憂驚醒住在對面房的好夫人，躡手躡腳地走到宿舍大廳。

「沬沬，你還是去『魔法味蕾』食堂買個雲

朵菇文魚鬆飯糰吧，肚子餓可沒辦法好好地執行『鼬鼠』——」

「噓！」沫沫趕緊讓羅賓閉嘴，「不能隨便說出任務！」

羅賓趕忙敲一下自己的頭，道：「哎呀，我總是這麼大意，幸好沫沫你提醒我，不過我還是覺得你應該先吃早餐——」

沫沫逕自走到販賣機前方，放了個一分銀幣進投幣口，再按下白麵包圖樣按鍵。

不一會兒，一個麵包從出口處彈了出來，掉到下方的籃子內。

沫沫拿起白麵包，對羅賓說：「這樣可以了吧？」

這時，沫沫聽見一串奇怪的聲響，那聲音呱噪地叫了好幾聲才停下。接着，好夫人的房門開了，只見她那**半開不開**的眼睛瞪向沫沫，沫沫趕緊說：「好夫人，早！」

好夫人沒有理會她，手揣着一串鑰匙，叮叮

噹噹響地搖擺着身子，快速走到宿舍大門。

她開了鎖，拉開大門，沫沫立即溜出宿舍，剛要唸出速度力咒語，卻被好夫人叫住：「你是不是買了白麵包？」

沫沫看着好夫人，**不明所以**地點點頭，見好夫人沒回應，趕緊施行速度力：「德起稀達，速！」

羅賓回過頭，發現好夫人的眼睛直勾勾地盯着沫沫，嘴角還露出一種似笑非笑的**詭異笑容**！

羅賓驚得縮進沫沫懷裏。在沫沫停下來休息時，牠擔憂地說：「沫沫，好夫人一直盯着你呢！啊，難道是你每天最後一個回到宿舍惹她生氣？對了，她問你有沒有買白麵包，是不是在白麵包裏頭下了藥……」

羅賓想到好夫人可能對沫沫不利，不禁碎碎唸起來。

「羅賓你想太多了，好夫人對每個宿舍生都是這樣的吧？」

「可是我看她剛才的樣子很奇怪啊，感覺對你**不懷好意**……」

「她只是怕我犯下宿舍規則才會盯着我看，你別亂操心。」

沫沫安撫好羅賓，趕緊又施行速度力，趕路到教學樓。

沫沫在課室內吃着白麵包，她咬了一口，發現麵包似乎跟平常不太一樣，沫沫疑惑地觀察起眼前的白麵包。

「沒有餡料啊……為什麼味道有點怪？難道真是好夫人動了手腳？」沫沫心想着，沒有說出口，她可不想又讓羅賓對她碎碎唸。

沫沫很快地吃完白麵包。

吃完後，沫沫看了下時鐘，對羅賓說：「應該差不多到了。」

沬沬等候的，正是「鼴鼠」行動的小組成員——仕哲、子研及米勒。

　　沬沬與三位伙伴組成了「鼴鼠」小組，平常主要由沬沬代組員們開會。

　　昨晚沬沬用複製紙**召集**了「鼴鼠」小組成員，要他們早早來到課室討論，並通知他們「內奸」可能就在尼克斯魔法修行學校內。

　　複製紙是沬沬在魔法用品商店購買的特殊魔法用品，能將寫在上面的文字複製到任何紙張。

　　這會兒，仕哲、米勒和子研陸續來到教學樓。距離上課還有一段時間，他們悄悄進入水二班課室，把門關上。

　　子研看到沬沬，馬上**迫不及待**地問道：「你確定私自放走古生物的魔侍就在尼克斯魔法學校裏頭？」

　　「我不相信學校有這樣的魔侍。」仕哲噘了噘嘴說。

　　米勒一臉天真地附和道：「我也不信。學校

裏的老師都是好老師，同學就更不用說了，誰能有這樣高強的**魔法力**，把那麼可怕的狗頭豬放出來？」

「說實話，我也不信。但我們不能排除內奸就藏在我們身邊。」沫沫看着伙伴們，謹慎地說：「既然科校長把任務交給我們，我們就必須好好地執行。這可是關係到我們魔侍世界的安全，當然也包括人類世界的安全。」

「對啊！如果那麼可怕的狗頭豬待在人類世界，肯定有很多動物受到傷害，想到那個內奸還虐打小球，我就很生氣！一定要把他揪出來！」

米勒一想到小球害怕地**瑟瑟發抖**的樣子，氣得整張臉紅撲撲的。

「那你們對於這個內奸有什麼想法？」沫沫問。

「還有什麼想法？虐待動物的魔侍，一定是大壞蛋！」米勒捏緊了雙手。

「米勒你不要激動。我的意思是，該從誰開

始追查？誰最有可能是內奸？」沫沫冷靜地說。

「虐待動物的魔侍，一定很兇殘！」米勒說。

「嗯……」仕哲想了想，說：「狗頭豬原本生活在古地窖，屬於地底下的世界，由麒麟閣士**嚴密看守**，確保不影響和傷害到地面上的人類和魔侍。我到現在還是不明白那名內奸為什麼放出狗頭豬到人類世界，他應該是一位讓人猜不透的魔侍。」

「照我說，這個內奸一定跟其他老師和同學都相處不來，是個**不受歡迎**的魔侍，所以才會放出這可怕的古生物。」子研說到古生物時，眼睛快速地眨了幾下，對於古生物似乎很畏懼。

「你是說，學生都怕的老師？」沫沫一說出這句話，大夥兒腦海馬上浮現某個魔侍的樣子。

「惡神？」

「萬聖力老師？」

「萬老師？」

大夥兒**不約而同**說出同一個魔侍。

「不是吧？真的是惡神？」仕哲微皺着眉頭，擺出一副不能置信的模樣。

「除了他，還有誰更符合我們剛才討論的特點？讓同學害怕，跟其他老師相處不來，看起來很兇，讓人猜不透的魔侍？」子研反問道。

大家同時搖搖頭，道：「沒有。」

大夥兒**心有靈犀**地點點頭，決定了第一個追查的人物——「惡神」萬聖力老師！

第六章
魔鬼一樣的老師

這天，他們上課時都顯得**心不在焉**，還頻頻出錯，鬧了許多笑話。

上咕嚕咚的魔法力理論課時，沫沫忘了預習變聲力咒語，匆忙中只來得及快速掃過一眼魔法力咒語的部分。

沫沫對着她的搭檔高敏，懊惱地極力回想剛才快速翻過的咒語，然後嘗試唸道：「阿雷……阿……阿拉……呵……」

「對對，差不多了。小魔女，阿拉氣……」

咕嚕咚不斷**從旁暗示**，甚至張合着嘴巴無聲說出咒語來提示沫沫。

沫沫唸道：「阿拉起……」

「對，對！差不多就這樣……然後記得要專注想着你要變成的聲音，並唸出來……」

52

「阿拉氣⋯⋯佛⋯⋯逆斯？」沫沫看着咕嚕咚的口形說出咒語，這時志沁故意**搗蛋**，在高敏後方扮着大猩猩的樣子，沫沫腦海出現猩猩的形象，望着志沁，唸出：「猩？」

沫沫才唸完，高敏馬上說：「嗨，你好啊，沫沫！」

「咦？怎麼我完全沒變聲呢？」高敏疑惑地摸摸喉嚨，「難道沫沫你**施行**變聲力失敗了？」

這時站在高敏後面的志沁笑了起來，原本要嘲笑沫沫的他，竟發出「嗚嗚哄哄」的怪聲！

志沁驚訝得兩眼都凸了出來，馬上遮住嘴巴。他怒目瞪着沫沫，責備沫沫竟然對他施行了變聲力，但大夥兒卻只聽見一連串猩猩的怪叫！

「吼吼！咿咿咿！嗚嗚呼呼！」

志沁叫着叫着，又羞又憤，整張臉都漲紅了。

「哈哈哈！沫沫，你這次雖然沒有預習變聲力咒語，但還是成功施行了咒語啊！」咕嚕咚一

點兒也不責怪沫沫，還在旁邊讚賞地看着發出怪聲的志沁。

志沁更生氣了，**狂吼一聲**，驚動了整棟教學樓，發出轟轟的動靜。

向來冷靜的沫沫也慌得趕緊道歉：「對不起，我本來想要變聲成黃鸝鳥，不過剛好看到你在高敏後面扮成猩猩的樣子，所以……對不起！」

這時有同學故意對着志沁做出**捶打胸口**的模樣，還學着猩猩的叫聲，志沁氣極了，想叫他們住嘴，誰知卻發出兇猛的吼叫：「吼吼吼！」

「哎呀，大猩猩發火了！」

「惹着大猩猩可不得了！」

大夥兒生怕「大猩猩」會對他們使出暴力，自動**規避**志沁兩米以上。

志沁羞惱地走回座位，瞪着沫沫，一副恨得牙癢癢的樣子。

科學實驗課時，仕哲打翻了科學老師杜里得

好不容易找來的祭蟲卵，蟲卵撒得滿地都是。

祭蟲是一種能飛翔的稀有昆蟲，他們在空氣中飛翔時腹部和透明的翅膀會釋放出某種淨化空氣的分子，是對地球非常有益的昆蟲。

「對不起，杜里得老師！我不是故意的！」仕哲**臉色蒼白**地說。

「別說了，大家一起撿起來，一顆都不能少！」杜里得老師着急地對大夥兒說，「我們可要靠這些祭蟲來淨化地球的空氣！記得小心點，祭蟲卵吹彈可破，必須輕輕地撿起來，知道嗎？」

「知道！」

同學們應答後，馬上趴在地上尋找。大夥兒小心翼翼地將一顆顆透明蟲卵撿起來，放回孵化箱內。結果這堂課都花在撿蟲卵了。

人類學的凌老師教導人類保育課題時，提到魔侍世界因為要拯救某些**瀕臨絕種**的動物，曾經派出魔侍到人類保育所工作，教導人類如何保

護和養育稀有動物。

凌老師要同學舉例說出如何保育麋鹿時，米勒心不在焉地說出：「我也想申請去人類世界教導他們保育的知識。」

大夥兒因為米勒**答非所問**而竊笑。凌老師耐心地說：「我是問你，如何保育麋鹿，不是問誰要申請去人類世界做保育工作！」

米勒懊惱極了，剛才他完全沒有在聽課，根本不知道怎麼保育麋鹿，但他突然**靈機一動**，興奮地說：「我知道了！可以把麋鹿當作寵物來養。家家戶戶都養一頭麋鹿，麋鹿就會越來越多，不怕瀕臨絕種了！」

結果整個課室哄堂大笑，米勒知道自己答錯了，羞得把袍子拉得高高的，不讓同學看到他紅得像蘋果一樣的臉龐。

終於等到惡神的課，沫沫和伙伴們**正襟危坐**，顯得特別緊張。

「這一堂課，我們繼續講魔侍守則。身為魔

侍要遵守的規則不少，不過每一條規則我們都必須**牢記在心**，絕對不能因為私心而忽視守則。」

惡神說這話的時候，目光緊盯沫沫，沫沫心虛地低下頭來。她雖然沒有私心，但她的確犯規去人類世界幫助人類。

「身為魔侍我們有責任遵守規則，也要有魔侍應有的品德和操守。不能遲到早退，不准不專心上課，我最無法忍受*明知故犯*，不能好好管理時間的魔侍。如果被我發現有哪個魔子或魔女沒有遵守魔侍守則……」

惡神說這話時，銳利的眼神環顧課室內的同學，大夥兒不禁縮了縮肩膀，生怕自己無意中觸犯了規則被惡神發現。

子研嘀咕道：「說得這麼好聽，也許你才是觸犯最多規則的內奸……」

「去年魔法力測試成績最好的齊子研同學，你是不是對我的話有意見？」惡神似乎聽見子研的嘀咕，盯着子研問道。

子研趕緊低下頭說：「沒有，沒有。」

惡神走到她的位子，吩咐道：「把魔侍必須遵守的操守說一遍。」

「呵？為什麼又是我？我最討厭就是背這些守則。」子研着急地望向沫沫，向她求救。但這回沫沫可沒辦法用複製紙幫助子研回答問題，因為惡神就站在子研身邊啊！

要是沫沫把答案複製到子研的魔侍守則課本上，惡神肯定會發現。

「怎麼辦？我完全想不出一個字……」子研急得汗珠都滴下來了。

「齊子研，你不會一個都說不出吧？」惡神再問道。

「老師，我知道答案。魔侍必須遵守的操守是……」沫沫舉起手說。

「我有問你嗎？」惡神的臉拉得很長。

沫沫心裏**七上八下**，心想：「這回不可能不被惡神處罰了……」

這時惡神板着的臉孔突然露出**溫和**的模樣，道：「既然嚴沫沫你那麼想幫助同學……你背誦出答案，齊子研抄寫下來。」

沫沫和子研聽了不禁鬆了口氣。

「所有教過的內容。」惡神接着説。

「什麼？」沫沫和子研同時問道。

「你們一個是去年魔法力測試第一名，一個是優秀的插班生，不會連這麼簡單的吩咐都聽不懂吧？」惡神露出**輕蔑**的神情，然後呵口氣，無奈地説：「算了，既然你們聽不明白，嚴沫沫，你將這幾個星期教過的魔侍守則、魔法力規則、魔侍修行指南全部背誦一遍；齊子研，你把沫沫背的都抄下來。」

沫沫和子研都**張大了嘴**，惡神再問一次：「聽懂了嗎？」

她們倆悻然地回道：「是。」

於是，這堂課沫沫和子研就在課室後方一個絞盡腦汁地背誦，一個拚命地抄寫的時光中度

過。

接近下課時間，她們終於完成惡神的處罰作業，兩人都累得趴在桌上休息。

「沫沫，我覺得惡神不只是可疑魔侍？」子研說。

「嗯？難道你發現什麼了？」沫沫問。

「我發現……他還是喜歡虐待學生的魔鬼！」子研**咬牙切齒**地說。

下課鈴聲響了，惡神一走出課室，米勒和仕哲趕緊跑過來小聲地提醒她們：「『鼴鼠』行動，你們忘了嗎？」

子研馬上彈起來，道：「當然沒忘記！我一定要揪出這個魔鬼的小尾巴！」

說着她氣沖沖地走出課室。

「魔鬼？不是惡神嗎？」仕哲不明所以地看着沫沫，沫沫擺擺手，表示不用在意。

62

第七章
神秘的地下室

這天放學後，沫沫請「鼴鼠」小組的伙伴們到她的「隱秘」煉藥房討論如何追蹤惡神。

剛才他們一塊兒追蹤惡神，感覺很顯眼，不單沒效率，還容易打草驚蛇。

煉藥房位於校長的收藏室牆壁內，絕對不會被人發現，也不用擔心**隔牆有耳**。

仕哲、子研和米勒頭一回來到煉藥房，感到非常新奇。尤其當雅米巴蟲鑰匙跳到沫沫手上的那刻，子研簡直看傻了眼，羨慕地說：「好酷的魔法鑰匙！」

「是農叔買給我的雅米巴蟲鑰匙。」沫沫回說。

「你就好啦！爸爸是魔法藥聖，教你提煉魔法緞帶，還買給你這麼酷的鑰匙。」

沫沫聽不出子研**酸溜溜**的語氣，以為子研很想要雅米巴蟲鑰匙，於是她說：「你喜歡的話，我請農叔找一個給你。」

子研皺了皺眉，不悅地說：「我要的話自己會去買。」

「我還沒試過自己去魔法用品商店買東西。改次我們一起去逛逛吧！」*心思單純*的沫沫天真地說。

子研呵口氣，道：「改天再說吧，不是要安排時間表追蹤那個魔鬼嗎？」

仕哲馬上拿出記事本，道：「你們說吧！」

他們各自提出建議，討論了一番。最後，他們得到結論，由於沫沫負責提煉魔法緞帶給所有「鼹鼠」成員，幾乎沒有時間休息，所以不需要親自追蹤。追蹤惡神的任務就交給其他三位伙伴，他們輪流監視惡神，夜晚值班的伙伴必須用沫沫提供的變形緞帶，變身成小甲蟲到教師宿舍繼續監視惡神。

「鼴鼠」行動小組解散後，沫沫繼續在煉藥房煉藥。

她趕在十點前一秒抵達魔女宿舍，好然黑着臉守在門口，盯着準時回到宿舍的沫沫。

沫沫感受到好夫人**不懷好意**的視線，快快走回房裏。

「呼！還以為她會叫住我，對我訓話。」沫沫呵口氣，對羅賓説。

「沫沫，我總覺得她特別注意你。你説，好夫人會不會是可疑魔侍？」

「好夫人是可疑魔侍？不可能吧？」沫沫口裏這麼説，但還是忍不住**傾聽**外面的動靜。

她悄悄把門打開一條縫看出去。好然房裏似乎有些動靜。

這時，沫沫聽見一些細微的聲響：「我不想做。」

「不想做也得做！快點！」

沫沫知道他們要出來，趕緊關好房門。

好夫人和一隻蹦蹦跳跳的小青蛙走過去後，沫沫又打開房門窺探。只見好夫人和那隻青蛙拐了個彎，走去地下室。

「那隻青蛙會說話？牠是好夫人的修行助使吧？」沫沫猜測道。

羅賓碰一下沫沫，說：「看吧！她逼迫修行助使做牠不願做的事，小球很可能也是被她迫着挖古地窖的洞穴！」

沫沫沒有應答，她走了出去，慢慢靠近樓梯口。

沫沫聽子研提過，宿舍有個地下室，不過大家都沒有去過。

突然，沫沫發現地下室門口下方透出一些奇怪的光，有藍光，又有綠光，一下又轉變成紅光。

「發生什麼事了？那些光是什麼？」

這時從裏頭傳來一道細小的尖叫聲：「好燙！」

羅賓一臉驚恐，焦急說道：「她不會在虐待那個修行助使吧？」

沫沫皺了皺眉，腦袋很快地轉了下，說：「雖然我很想馬上下去查看，但還是謹慎一些好。」

於是，她唸出隱身力咒語：「拉浮雷雅，隱身！」

沫沫馬上隱去了身影！

她小心翼翼地走下樓，一聲不響地來到地下室的門口。

她感受到一股熱氣，熱得不禁後退一步，結果踩踏地板時不小心發出細微的聲響！

沫沫立刻一動不動，大氣都不敢呼一聲。

房內傳來腳步聲，走到門口時卻停下了，羅賓和沫沫**緊張得屏住氣**，靜靜聆聽。當他們以為好夫人走回去的時候，門口卻突然打開來！

好夫人搖晃着圓滾滾的身子走出來，抬頭往樓梯口看去。

此時的沫沫就在距離好夫人不到十厘米的地方。她貼着牆壁，僵直着身體，幾乎停止了呼吸，生怕好夫人察覺她就在旁邊。

好夫人緩緩轉動頭部觀察四周，有一段時間鼻尖幾乎碰到沫沫的鼻子！

羅賓緊張得閉起了眼睛，生怕好夫人已經察覺到沫沫就在眼前！

　　幸好，好夫人惺忪的眼睛眨了眨，又走回門內，輕輕地掩上門。

　　沫沫大呼一口氣，擦了擦汗，心想：「裏頭是在做什麼？為什麼**熱烘烘**的？」

　　雖然好奇，但沫沫知道今天沒辦法繼續查證，為了避免好夫人突然又出來，沫沫趕緊**躡手躡腳**地走上去，匆匆趕回房裏。

　　「呼！好險啊！沫沫！」羅賓拍拍胸口，讓急促跳動的心臟平復下來。

　　沫沫深呼吸幾口氣，回復道：「幸好我閉氣的時間夠長。」

　　「現在又多了一個需要追蹤的魔侍——好夫人，對嗎？」羅賓問。

　　沫沫腦海浮現好夫人對魔女指點一番的樣子，還有她今早在大門詢問她的話：「你是不是買了白麵包？」

她皺着眉想了想，說：「雖然我很想知道好夫人在地下室做什麼，不過，我覺得她不是可疑魔侍。」

　　「沫沫啊！你太**單純**了，好夫人現在可能就在地下室虐待她的修行助使呢！」

　　「嗯……那青蛙看起來不像被虐待。況且，好夫人每天都待在魔女宿舍，哪有時間溜出去幹壞事呢？」

　　沫沫打了個哈欠，她今天提煉了五條變形緞帶和一條移行緞帶，現在只覺得眼皮快要蓋下來了，她對羅賓說：「我總覺得她不會是可疑魔侍，我們還是先睡吧！」

　　沫沫準備**就寢**，羅賓仍不放心，在沫沫身邊嘀咕不停。

第八章
蟑螂羅賓的隱秘任務

半夜，羅賓趁沫沫熟睡時，偷偷從沫沫書包內取出一樣東西。

第二天放學後，沫沫在煉藥房趕着煉藥。羅賓對沫沫說：「沫沫啊，你去煉藥房提煉緞帶，我反正沒事，可以先回去宿舍休息嗎？」

「你說，你要回去宿舍休息？」沫沫感到不可置信，一向很緊張她，對她**寸步不離**的羅賓，居然會提出先回宿舍？

「是啊！最近好像吃太多了，腸胃不太舒服。」羅賓心虛地說，牠還是頭一回對沫沫撒謊呢！

「嚴重嗎？需不需要吃藥？」沫沫關心地問，她一直以來被羅賓照顧，從來沒想過羅賓也有需要她擔憂的時候。

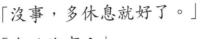

「沒事，多休息就好了。」

「真的沒事？」

「哎呀！沫沫，你怎麼比我還囉嗦呢？我回去啦！」羅賓說着，急忙揮揮翅膀飛了開去。

沫沫呵口氣，**晃晃頭**，立刻打開魔藥收存櫃，取出提煉變形緞帶所需要用到的材料。

「變形緞帶需要用到的鮭魚卵好像不太夠了，啊，還有蟬蛻也快用完了⋯⋯」沫沫點算着材料，自語道：「得請維拉幫忙進貨了。」

說完沫沫又埋首投入於煉藥中。

羅賓飛了一段路後，停在樹枝上。

「沫沫啊！為了不讓好夫人發現，我只好借你的變形緞帶來用了！」

牠抽出藏在翅膀內的變形緞帶，心想：「變什麼好呢？壁虎？不行不行，行動太慢了。蒼

蠅？嗯⋯⋯雖然可以飛，但有些地方蒼蠅飛不過去，而且樣子也有點醜⋯⋯啊！對了，蟑螂不錯，**行動敏捷**，緊急時還可以飛翔，連細細扁扁的縫隙都能穿過。」

羅賓決定變成蟑螂，於是，牠往空中拋出變形緞帶。

「嘭」的一聲，羅賓瞬間消失，樹枝上卻多了隻蟑螂。

蟑螂羅賓一路飛竄，經過偏僻處時，還飛了起來。

「嘿嘿，雖然飛行速度沒有原本的樣子快，但是感覺還不錯呢！」

蟑螂羅賓快速搧動翅膀，**左拐右彎**地前進，遇到魔侍就停着不動，由於身形很小，移動又迅速，一路上都沒有被察覺。

如此這般，牠順利地抵達魔女宿舍。

「沫沫你放心，我肯定會查出好夫人到底在搞什麼鬼，你等着瞧吧！」

蟑螂羅賓**神色凝重**地竄上魔女宿舍的窗戶。

　　好夫人正在大廳「站崗」，對每個經過的魔女教誨一番。

　　「這好夫人就是愛教訓學生，這些事明明都說了幾百遍，還是要對她們再說一遍。」蟑螂羅賓扁扁嘴，**賊頭賊腦**地從窗戶縫隙鑽了進去。

　　「嘿，想不到我這麼瘦吧？你們這些門門窗窗可別想困住我。」羅賓得意地「溜」下窗戶，進到魔女宿舍內。

　　「唉，這麼容易就溜進來，那沫沫以後即使過了十點門禁也能用這招進來了，不是嗎？」但牠馬上晃晃那小腦袋，「不，絕對不能跟沫沫提這事。沒有了門禁限制，沫沫一定更遲回來，那就更不夠睡了！」

　　蟑螂羅賓偷瞄一眼在大廳「站崗」的好夫人，迅速溜去角落躲起來，想不到卻差點掉進某個巨大生物的**天羅地網**！

75

蟑螂羅賓嚇得馬上縮去一旁。

牠定睛一看，原來是角落的長腳蜘蛛。

本來不起眼的小蜘蛛在羅賓變成蟑螂後就像個巨型蜘蛛，現在這巨大生物正**直勾勾**地盯着牠！

羅賓雖然平常不怕蜘蛛，但看到如此巨大的蜘蛛還是感到畏懼。

「我不是真的蟑螂。看，我會說話的——」羅賓還未說完，長腳蜘蛛已大跨步跑向牠！

「啊！」蟑螂羅賓叫了一聲，好夫人似乎聽到了，惺忪的眼睛開了些，轉過頭朝這兒張望。

蟑螂羅賓趕緊**噤聲**，快快溜去沫沫房間的方向！

跑到一半，牠回過頭，發現長腳大蜘蛛竟然追過來了！

蟑螂羅賓急忙從門縫鑽進沫沫房裏。

牠喘着氣，心想：「門縫這麼小，不可能追進來了吧？」

蟑螂羅賓累極，竄到自己的安樂窩，躺了下來。

「好久沒這麼累了，休息一下再出去**盯梢**吧？」

隨即牠又馬上跳起來，道：「不，不！絕對不可以偷懶，萬一好夫人在我休息時做出可疑的舉動呢？」

蟑螂羅賓急忙從門縫看出去，發現長腳蜘蛛居然在門外等候！

「這陰險的傢伙，竟懂得埋伏⋯⋯唉，只能趁牠離開時溜出去了⋯⋯」

蟑螂羅賓等啊等，等到一隻蒼蠅飛過，長腳蜘蛛才轉移目標，離開房門口。

蟑螂羅賓急忙竄出去，從牆壁與地板交界處迅速爬行到好夫人所在的大廳，竄進角落的壁櫥裏，偷偷窺視好夫人。

「從這裏可以觀察到好夫人的**一舉一動**，還不會被發現⋯⋯」

才說完，長腳蜘蛛的兩顆大眼珠竟然在壁櫃外盯着牠，蟑螂羅賓嚥了下口水。

「糟了，這壞傢伙好像盯上我了……」

第九章

追蹤惡神！

這時間學生和老師都離開教學樓了，但惡神還在學生會課室內。

執行「鼬鼠」行動的米勒，躲在教學樓外牆監視。

由於接近黃昏，蚊蟲開始出來活動，米勒被咬得滿手滿腳地抓撓，但他兩眼可沒有移開過大門。

終於等到惡神出現，米勒**目不轉睛**地盯着他。

惡神走出來，踏出大樓前還不忘吩咐大樓管理員上好鎖。

米勒不禁嘀咕：「工作到最後一個回去，還要管大樓有沒有鎖好，虐待小球的傢伙會這麼盡責？」

惡神使用速度力迅速離開了，米勒趕緊也用速度力跟上。

惡神穿梭在樹林間，幾乎看不見身影，只聽見細微的腳步聲。米勒**無計可施**，尋思：「難道真的要犯規，使用飛行力？哦不，我還得使用隱形力，才不會被發現飛在空中啊！可是，要同時使用兩種魔法力，我可以嗎？我連單單使用一種魔法力都會出錯……」

米勒嘀咕着的時候，惡神已不見了身影，連聲音都完全聽不見了。

「不行！再**摩挲**下去，我就無法好好執行『鼴鼠』行動，要知道惡神可能就是虐待小球的可惡魔侍……」

米勒耳邊響起沫沫對他說的話：「米勒，你知道自己最大的問題在哪裏嗎？你對自己太沒有自信。」

「好，我豁出去了！」

米勒急急唸道：「提希而，騰空！」

米勒衝上去樹椏間，左拐右閃的，被樹枝勾着衣服，纏住了披風，米勒狼狽地解開這些困擾的同時，口裏唸出：「拉浮雷雅，隱身！」

　　米勒消去了身影，不一會兒，半空中出現了個**若隱若現**的影子。

「不行，我必須穩住意念，專注專注……」

終於，那隱約的影子消失了。

隱身的米勒在半空發現了惡神的蹤跡！

「好，我一定要抓到你犯罪的證據！」米勒說着，飛回地面，使用速度力朝惡神的位置跑去。

米勒悄悄跟着惡神來到一棟大樓前方。

「這不是魔子宿舍？惡神為什麼來這裏？」

由於已到米勒去訓練所打工的時間，他只好在複製紙寫道：「仕哲，請到魔子宿舍，惡神現在在魔子宿舍。」

複製紙隨即**顯現**：「我就在魔子宿舍。」

米勒知道是仕哲的回覆，又寫：「那我現在趕去訓練所，遲了去餵食，哈里斯太太可要責怪我讓她的小寶貝們餓肚子呢！『鼯鼠』行動交棒給你了！」

寫完後米勒就匆匆施行速度力朝訓練所趕去。

仕哲從宿舍房內走出來，他住的房號是503，必須走下五樓。當仕哲來到樓下大廳時，果然看到惡神就站在門口附近。仕哲**若無其事**地走去自動販賣機前面，一邊看飲料，一邊偷偷瞥向惡神。

　　這時一位魔子匆忙走向惡神，原來是學生會會長康拉德。

　　康拉德向惡神小聲匯報。惡神眉毛動了動，然後走出大門，康拉德隨即跟上。

　　「康拉德對惡神說了什麼？為什麼這麼神秘？」仕哲趕緊施行速度力**尾隨**他們。

　　由於擔心被惡神發現，仕哲不敢追得太近，有好幾次差點兒就追丟了。

　　「同時使用隱身力也許可以跟貼一些。」仕哲想，但他馬上否定了這個想法，「不，尼克斯魔法修行學校只允許學生在校內施行速度力，其他魔法力必須獲得允許才可以施行。我還是別觸犯學校法規。」

於是，向來不觸犯規則的「乖乖牌」學生仕哲繼續遠遠地跟着，可以看得出來惡神遷就康拉德，偶爾放慢了速度，否則仕哲早就被惡神甩掉了。

最後，惡神和康拉德停在一棟被植物纏繞着的荒涼建築前。

「被植物纏繞的無人建築……難道這就是傳說中的『瘋狂實驗室』？」

仕哲很想過去看個究竟，但正在進行追蹤任務的他可沒辦法查看。

惡神這時已繞去建築物後方，仕哲趕緊跟上去。來到轉角，他聽到一陣嘶啞的叫聲。

「難道惡神不單虐待動物，還虐待魔侍？」

仕哲探頭出去查看，突然，惡神的修行助使萬兒往他飛了過來！

仕哲顧不得是否違規，趕緊唸出咒語：「拉浮雷雅，隱身！」

他馬上消去了身影。下一秒，萬兒即從他眼

84

前飛過……

　　仕哲鬆了口氣，幸好他及時使用了隱身力才沒被萬兒發現啊！

　　仕哲悄悄地走出去。

　　眼前，竟然有十多名魔侍在用力鋤着地！

　　惡神盯着他們鋤地，一邊訓斥他們。

　　「你，一副**弱不禁風**的樣子，在做什麼？」

　　「你是想今年也考不過嗎？」

　　「你想繼續留級嗎？」

　　學生們**戰戰兢兢**地說：「不，我們想通過測試。」

　　「那就喊出來！」惡神大聲地說。

　　「嘿！」學生們邊鋤地邊大聲喊道。

　　「對，喊出來，沒辦法用力，就用聲音來輔助你們，盡全力喊！」

　　學生們被惡神迫着大聲喊道：「嘿！呀！」

　　仕哲不禁傻眼，道：「惡神為什麼要他們鋤地？」

過了一會兒，惡神對一名魔侍說：「你，負責把這些瘋長的枯木拔除。」

那名魔侍喘着氣，走到枯木前，深呼吸一口氣，唸道：「梅達基泥息，拔除！」

只見那枯木**破土而出**，倒在地面。

那魔子興奮地叫道：「我做到了！我做到了！我終於使出拔除力了！」

惡神淡然說道：「這是你去年就必須做到的事，有需要這麼高興嗎？」

魔子趕緊收起了笑容。

惡神繼續說：「你們都是去年沒通過魔法力測試的魔子魔女，不要以為你們只是鋤地這麼簡單，鋤地不單可以訓練肌力，還能增強專注力。」

「是啊！萬老師處罰你們，給你們訓練的同時還能順便種菜，對學校有所**貢獻**，一舉數得！」康拉德馬上附和地說。

「以後你們放學後都來這裏鋤地。」惡神吩

咐道。

「是！」同學們大聲應答。

仕哲聽得一愣一愣的，又鋤地又種植，卻是在訓練他們？

這時，萬兒回來了，牠口裏銜着一袋東西。

「萬兒取來種子了。康拉德，這裏就交給你負責。」

「是！」康拉德**畢恭畢敬**地從萬兒口裏取下袋子。

接着，康拉德指示幾位魔侍在翻鬆的泥土上開始種植，惡神則在一旁觀察。

惡神一直監督着學生，直到天黑後才放走他們。

惡神回到教師宿舍，接下來，輪到子研負責追蹤。

子研使用沫沫給她的變形緞帶，變身成甲蟲，飛向教師宿舍。

她知道惡神住在二樓，於是飛到二樓窗外，

停在窗戶**監視**他。

惡神進到房間，喝了杯黑茶，然後就開始批改作業。

甲蟲子研看了好一會兒都沒有任何動靜。時間**一分一秒**過去，甲蟲子研忍不住打起了大大的哈欠。突然，有個灰白色的東西撲過來，貼在窗鏡上！

甲蟲子研嚇得僵在那兒。

原來貼在窗鏡前的，是惡神的修行助使萬兒！萬兒用牠那小爪子迅速開窗，直勾勾地望着甲蟲子研，嚥了下口水，恨不得一口吞掉她！

甲蟲子研慢慢向後退去，生怕萬兒衝過來。突然，她被某個大傢伙兩面夾住，提了起來！

甲蟲子研差點兒叫出聲音，她**冷汗直流**，看住抓着她的傢伙——惡神！

在甲蟲子研眼裏看來，惡神是那麼的威武可怕，她忍不住顫抖了起來。

誰知惡神兩手一放，甲蟲子研愣一下，然後

趕緊飛了開去。

「不是讓你不要亂吃小蟲了嗎？你現在是我的修行助使，吃魔侍吃的東西就好。」惡神說。

萬兒**心不甘情不願**地飛回屋裏。

「你不要以為我不知道訓練所的哈里斯太太給你吃什麼。」

「沒，哈里斯太太沒有請我吃黴菌條，真的沒有。」

「你說謊時尾巴會翹起來，你沒發現嗎？」

萬兒趕緊彎下尾巴，**一臉愧疚**地說：「對不起，我就是無法忘掉在訓練所吃過的美食啊！」

惡神沒有繼續責怪萬兒，他埋首批改作業，改完後，又拿出課本備課。

甲蟲子研被惡神放走後並沒有離開，她悄悄附在窗框旁，一直瞄着惡神的舉動。雖然剛才有驚無險，但她心裏對惡神的偏見更深了，她想：「這個魔鬼，怎麼都沒有任何動靜？難道今天不

是他行動的日子？」

　　甲蟲子研不敢鬆懈，雖然眼皮快蓋下來，仍拼命瞪大眼珠緊盯惡神。

　　直到凌晨兩點多，惡神才關燈入眠。

　　甲蟲子研盯梢到半夜，疲累得快飛不動。她飛回宿舍房間後，直接鑽入被單內**呼呼睡去**。

第十章
纏人的傢伙

蟑螂羅賓從櫥櫃內看出去，牆上的時鐘指向九點二十三分，心裏着實着急。

「怎麼辦？快到九點半了。」羅賓懊惱地盯着身旁的陶瓷擺設品，「這個變形緞帶時效只有五個小時，要是我在櫃子內變回原來的樣子，弄破了這些美麗的擺設品，可會被好夫人發現的啊！」

羅賓**心急如焚**，巴不得馬上竄回沫沫房間以免露出馬腳，但牠的視線立即對上櫃子外那腿腳細長的傢伙。

「都是這長腳大傢伙，害得我根本沒辦法溜出去。」

這時幾位魔女走了進來，好夫人叫住了她們。

「你們——」好夫人從頭到腳**打量**她們一番，嚴厲地問道：「是不是帶了違禁品回來？」

其中一位魔女露出驚慌的模樣，趕緊說：「沒，沒有。」

好夫人迷蒙的眼珠睜大了些，唸出魔法力咒語：「阿捕卡匿不躲，顯露！」

好夫人使用的是「**顯露力**」，可以讓躲藏的東西顯露出來。只見那位魔女的書包打開來，裏面的東西自動跳了出來。書本和作業簿快速翻動，筆盒張開來，水壺也吐出了蓋子！

那魔女害怕極了，馬上承認道：「對不起，好夫人，我只是一時好奇，把實驗室的模仿菌帶回來看看……」

好夫人沒理會魔女的話，她緊盯打開的物品，一眼就瞧見筆盒內有枝與其他鉛筆質感不同的筆，趕緊喊道：「阿准！」

黃綠色條紋的褐色樹蛙從好夫人座位底下跳出來，神速伸出長長的舌頭，瞬間就抓住準備逃

逸的「鉛筆模仿菌」！

　　阿准將鉛筆模仿菌捲得牢牢的，模仿菌發出古怪的聲音，馬上**打回原形**，它纖細的朱紅色身軀不斷地扭動着，但怎麼都掙脫不了阿准的捲曲舌頭。

　　好夫人伸手過去，阿准才鬆開舌頭，誰知一鬆開來，模仿菌立即模仿阿准的樣子，落到了好夫人手上，好夫人將它提了起來，對它說：「你變成阿准也沒用，我可不會對你**手下留情**！」

　　此時的蟑螂羅賓，順利地溜出櫥櫃。牠趁着長腳蜘蛛因為剛才的動靜分心的時刻，快速竄出來了。

　　正要跑回沫沫的房間，蟑螂羅賓卻看到好夫人提着模仿菌走向走廊的另一側，轉向右邊不見了蹤影。

　　「**她去地下室！**」蟑螂羅賓愣了一下，然後說：「這可是查出好夫人在裏面幹什麼可怕勾當的好機會啊！」

蟑螂羅賓急急轉頭，沿着牆角向地下室的方向衝去，誰知長腳蜘蛛竟擋在了樓梯口！

「完了，這傢伙是要纏住我到什麼時候？」

蟑螂羅賓知道自己快要變回來，趕緊竄回沫沫房間。一進房門，「嘭」的一響，蟑螂羅賓變成原來的優雅知更鳥模樣！

「呼！」羅賓喘D大氣，直愣愣地倒在自己的安樂窩。

晚上，沫沫趕回宿舍後，馬上關心地慰問羅賓：「你怎麼樣了？還有不舒服嗎？」

羅賓忘了對沫沫說自己不舒服的事，愣了好一會兒才回答：「啊！那個，對啊，早就好了！」

「腸胃沒有不舒服了？」

「哪有什麼不舒服，現在給我吃十個雲朵菇

三明治我都吃得下！還要加多三杯果汁！」羅賓為了追蹤好夫人，從下午到剛才，連一滴水都沒喝過呢！

　　沫沫覺得羅賓的反應有點**奇怪**，但知道羅賓沒事，不禁放下心來。

　　臨睡前，沫沫點算一下緞帶，對羅賓說：「奇怪，我昨天提煉的變形緞帶好像少了一條。」

　　「你忘了南德多拿了一條嗎？」羅賓趕緊說。

「南德有多拿一條？我怎麼沒印象？」

「有啊！我幫你拿給他，所以你沒有印象，他在懲戒部追蹤比較危險，所以多一條比較保險。」

「是嗎？」沫沫似乎感到疑惑，但這些事一向都由羅賓把關，她也就不以為意。

半夜，羅賓趁着沫沫熟睡，又悄悄取走了一條變形緞帶。

「對不起啦，沫沫！我必須查出好夫人會不會對你不利，你就原諒我吧！」

羅賓拋出緞帶，變成蟑螂後，在門邊等候。

不久，對面房間果然傳來動靜。

蟑螂羅賓悄悄溜出房門，剛好瞧見好夫人和她的修行助使阿准轉去地下室的身影。

蟑螂羅賓趁着四下無人，直線衝去地下室，正要從門縫鑽進去時，眼尖的牠發現門邊有些細細的網！

「又是你這個纏人的傢伙！」

蟑螂羅賓及時縮了回來，才沒有落進長腳蜘蛛布下的天羅地網。原來長腳蜘蛛似乎知道牠會再到地下室，躲在地下室門內，在門縫底下織了網，等候牠自動送上門！

「陰險的傢伙！幸好我夠機靈，要不然可白白成為你的獵物了。」

蟑螂羅賓**心有餘悸**地跑回樓梯上方等候。等着等着，等到天快亮了，好夫人才從地下室走上來。蟑螂羅賓發現她和阿准身上都沾着可怕的紅色漿液，大吃一驚，趕緊躲進牆角的凹縫。

好夫人搖擺着身子走回房間後，蟑螂羅賓才從縫隙跳出來。

「到底好夫人做了什麼？噢！她不會迫她的修行助使幫忙殺死古生物吧？」

蟑螂羅賓想着到地下室**一探究竟**，但那纏人的長腳大傢伙還在門縫底下瞅着牠呢！

蟑螂羅賓灰溜溜地竄回房間。

第十一章
魔侍愛好者聯盟

　　度乙諾背着大大的背包，停在了 A 城鹽湖街 B 座大樓 304 號門口。

　　這兒位於繁華城市的中央地帶，大樓街角是一家五星豪華酒店——萊特飯店，附近有著名的 Y 銀行和一些名牌專櫃店鋪，當然少不了各國風味料理餐廳。

　　304 號門口的上方掛着一個小小的牌匾，寫着「**古董文物研究會**」。牌匾旁邊有一個古老的手搖式門鈴。

　　研究會大門只有大約兩米寬，門上什麼都沒有，只掛了張畫作，畫的是一頭會飛的公雞。跟周遭華麗的都會建築比較，這家店顯得很不起眼，大家很容易忽略這兒有一家這樣的小店。

　　度乙諾伸手去搖一下門鈴。

細微的鈴聲響起，門打開來，度乙諾走了進去。

　　裏頭是個四方小空間，擺着幾個櫃子和桌椅，存放一些看起來**年代久遠**的古董器物。度乙諾看也不看這些文物，他掀開一道簾子走去後面。這裏是條狹長的走道，兩旁堆滿畫框和陶土，度乙諾走到最後方，轉向右邊，來到一道門前。

　　這道門的右邊有個藍色星星符號。度乙諾以某種特別的順序沿着符號畫了個星星，「嗒」的一響，門打開了，裏面是個升降機！

　　他走進去，按了樓層號數。升降機緩緩上升，到十七樓停下來了。

　　度乙諾走出升降機，眼前居然是酒店走廊！

　　度乙諾走到最尾端的房間，房門上方有個牌匾，寫着「魔聯」。

　　門的右手邊同樣有個藍色星號，度乙諾再次沿着星星畫一遍，房間打開來──裏頭居然是個

規模極大的實驗室！

實驗室內原本在工作的人們都放下手上的工作望了過來，他們有的正在電腦前做着資料分析，有的用儀器測試新發現的物品，有的在一堆古文獻中尋找着古人的神秘文獻，有的將所發現的線索和物品分類存放在櫃子中。

其中有個穿着格子外套的中年男子**興沖沖**地走過來迎接度乙諾，哈哈兩聲，説：「你終於回來了！」

「嘿！次郎，我都説了吧？社交媒體上的胡言亂語有時候可能是重要的線索！這回我可帶回重要的證據了！」度乙諾興奮地除下裝備，從裏面**小心翼翼**地搬出今天採集的物品。

穿格子外套的男子正是度乙諾的伙伴淺倉次郎。

次郎馬上對後面穿着實驗袍的人説：「小林，快！快把這泥土拿去化驗，推測到底是位於地球哪個地區的泥土，掌握泥土的酸鹼值、所在

地的温度、氣候等等。」

　　然後又喚另一名正在操作某件大型儀器的人說：「西奧，測試這是不是咖啡，並找出確實的咖啡品種，追蹤是哪裏出產的品種。」

　　然後次郎轉頭對度乙諾說：「辛苦你了！要你大老遠轉了幾趟飛機去採集樣品和偵察現場。」

　　「一點兒也不辛苦，哈哈，相反，我現在**精神飽滿**，有什麼需要我幫忙的，讓我做吧！」

　　「不，你先去梳洗一下，接下來還要跟你報告好消息！」

　　度乙諾一聽，馬上衝出實驗室，走進寫着自己名字的酒店房間，快快梳洗乾淨。

　　整理一番儀容後，度乙諾走去這層樓最右側的 VIP 瞳孔識別專用升降機，抵達位於酒店七樓的餐廳。

　　淺倉次郎已坐在餐桌前等候着他。

　　與此同時，餐廳側門打開來，一名**穿着筆**

挺，留着小鬍子的紳士走了進來，他匆匆走到他們的桌子坐下。

他是這家著名連鎖酒店的老闆——萊特。

萊特創立這家酒店，目的並不在於經營酒店，而是開闢一個隱藏在鬧市中心的隱密研究場所。

酒店最上兩層從不開放給人們入住，每回有人想訂房都肯定滿額。

為了魔聯，大家可都是使盡了各種方法呢！

「我們邊吃邊說吧！」萊特雖然**一臉振奮**，卻依舊保持着紳士優雅的姿態，拿起咖啡呷了一口。

「萊特，快說說你那邊搜集到的消息吧！」次郎說。

「上次我們不是打聽到桑林鎮有羊隻被攻擊的傳言嗎？」萊特**壓低聲量**說。

度乙諾邊吃邊用力點頭。

「我們找到了人證！」

度乙諾一口吞下食物，問道：「他是什麼人？」

「其中一位是農場管理員。他說七月二十三日晚上聽見羊羣騷動，去查看時發現了一頭巨大的怪物！」

「慢着，其中一位？那就是說，還有另一個重要的人證？」度乙諾機靈地詢問。

「先別急，你聽我說完。」萊特又喝了口咖啡，**娓娓道來**：「那怪物聽起來不像是人類世界的生物。」

次郎張大了嘴，說：「你是說，怪物來自魔侍世界？」

萊特點點頭，繼續說：「不單如此，經過我調查，我發現那一區後來完全沒有怪物出現的蹤跡。」

「為什麼呢？那怪物消失了？牠長什麼樣？」度乙諾緊張地追問。

「這就是我接下來要說的重點。」萊特呵口

氣，說：「我們找到了另一個證人，是一名保安。他對我們的調查員說，看到一隻**狗頭豬身**的龐大怪物！同時，還看到幾位會使用戲法的人類。」

次郎和度乙諾異口同聲地說：「魔侍！」

萊特領首，語氣掩不住興奮地說：「對！不過更值得高興的是，保安說他的孩子被一名蝙蝠女俠帶着飛翔！」

「呵？**蝙蝠女俠？**」次郎抓抓頭，疑惑地說：「世界上真的有蝙蝠俠？還是女的？」

「當然不可能。他孩子形容蝙蝠女俠戴着披風，長得跟人類很相像。」

「是魔女！」次郎和度乙諾再次異口同聲說道。

「太好了！這應該是我們魔聯**有史以來**搜集到最多證人的一次！」度乙諾興奮地說。

萊特再次點頭，說：「綜合我們上次和這次所搜集到的資料，我猜測魔侍最近頻密到人類世

界，可能跟那頭怪物有關。」

「你是說，魔侍為了抓捕那個怪物，才頻頻來到人類世界？」

「非常可能。怪物後來消失了，據那名保安的**說辭**，應該就是魔侍把怪物抓走了。」

度乙諾想了想，說：「照這樣說來，魔侍其實在保護我們的世界？」

「這不是我們很早就已經在推測的事嗎？上一回日落國的火患，還有賓州大規模土崩，都有人說事先收到撤離的訊息，但經過我們追蹤新聞來源，根本就沒有那個新聞台。通知人類逃難的，非常可能就是魔侍。」

萊特說畢，大夥兒眼中充滿了崇敬。

度乙諾**滿臉憧憬**地說：「真想快點找到魔侍居住的地方。」

次郎馬上問：「找到之後你要做什麼？」

「當然是感謝他們啊！」度乙諾說，「然後我要跟他們來個合照，至少取一件魔侍世界的物

品回來做紀念。」

「你不會想要公開這消息給其他人類知道嗎？」萊特問。

「當然要！我們做了那麼多事，不就是為了向世界上的人類證明有魔侍存在嗎？」度乙諾一**臉憤慨**地說，為了證明魔侍的存在，他可是吃了好多苦頭。

「嗯，讓那些不相信我們的人類，肯定我們的發現！」次郎也附和地說。

「哈哈，看來公開這消息的日子不遠了！」

「對！」

「經過那麼長時間的研究和調查，我們魔侍愛好者聯盟的心血終於快要有成果，怎麼能不慶賀一下呢？」萊特說着，對餐廳的侍應比了個手勢，侍應馬上送來三杯雞尾酒。

「來！乾杯！」萊特舉起杯子說。

「乾杯！為魔聯即將發布**轟動世界**的研究成果，乾杯！」次郎也激動地說。

三人開心地碰杯，一口喝完杯子內的雞尾酒，然後呵一大口氣。

　　這時，萊特大衣口袋震動了一下。

　　萊特取出裏頭的微型對話儀器。

　　這儀器是遠距離轉頻對話機，可以讓萊特和對方直接通話，並且不會留下任何**痕跡**及對話記錄。

　　他開啟擴音機，問：「什麼事？」

　　「我們在 C 市發現了動靜。」儀器內的人說。

　　度乙諾和次郎趕緊湊過來聽。

　　「什麼動靜？」

　　「有一個怪物出現在這裏的地下水道。」

　　「什麼樣的怪物？」

　　「不清楚。根據一名當夜班的餐廳員工，也就是目擊者的說辭，他當時正好掉了個錢幣進馬路的鐵蓋下方，他追過去時，四目和那奇怪的生物對視了！」

「到底是什麼樣的奇怪生物？」度乙諾着急問道。

儀器內的人回答：「是個像四腳蛇，卻有着貓臉的怪物。不過因為天色太暗，加上只是看到一瞬間就消失了，他不能確定是不是自己的幻覺。」

「既然如此，怎麼會讓你們打聽到？」萊特追問道。

「因為有另一個**流浪漢**也看到了。流浪漢住在地下街道，他說這幾天晚上睡覺時一直聽到一把怪聲，於是他大膽地循着聲音去找，結果看到一隻有着貓臉的鱷魚在那裏的地下水道吃老鼠！」

「**貓臉鱷魚？**世界上有這樣的鱷魚嗎？」淺倉次郎望着精通考古及生物學的度乙諾。

度乙諾恍惚地晃晃頭。

「流浪漢的話怎麼會有人相信？」萊特問道。

「事情就是這麼巧。剛好遇到一個偷拍流浪漢生活的網路直播主持在拍着流浪漢的地下生活啊！」儀器那頭解釋道。

　　「有那麼巧？不會是串通、演出來的吧？」萊特皺了皺眉，對於太過巧合的事，他總是抱着懷疑態度。他可是魔聯裏頭最冷靜和**理智**的成員了。

　　「不可能，直播着呢！大家也是嚇一大跳，影片都出來了！」

　　「在哪裏？我看看。」

　　「對！我也想看！」度乙諾說。

　　於是，微型對話儀器那頭的魔聯成員發給萊特一串網頁地址。

　　他們複製了網址，用萊特的掌上型電腦開啟。

　　三人緊張地盯着銀幕上的影片，度乙諾深呼吸一口氣，點開了影片！

　　眼前出現一個直播主持在悄悄拍攝流浪漢的

畫面，不久，流浪漢聽見奇怪的**敲擊聲**，然後爬了起來去地下道查看。直播主持望着鏡頭，悄聲說：「我們跟去看那個流浪漢在找什麼吧！會不會是找到吃的呢？」

於是，鏡頭跟着流浪漢前進，突然，流浪漢停住了腳步！

字幕彈出來：「發生什麼事了？不會是發現了寶藏吧？」

接着，就看到流浪漢往鏡頭衝來，那張面孔**驚恐莫名**，好像看到了什麼猛獸一樣。

「啊？這樣就沒了？」度乙諾感到傻眼。

「根本什麼都看不到啊！」淺倉次郎也哀歎。

雖然兩位伙伴覺得這條影片不能證明流浪漢說的話，因為根本看不到怪物，但萊特**勝券在握**地說：「無論如何，我們可以確定流浪漢的確看到了非常可怕的生物。流浪漢當下的表情絕對不是演出來的！」

度乙諾呐呐問道：「如果真的是魔侍世界的生物，我們要怎麼做？」

　　萊特對伙伴笑了笑，説：「這次一定要來個**一網打盡！**」

第十二章

緊急會議！

「鼴鼠」小組的追蹤行動，從戰戰兢兢到得心應手，才幾天時間，三位伙伴已儼然成為小偵探，對跟蹤惡神這件事非常熟練。

沫沫肩負提煉變形緞帶和移行緞帶給各位「鼴鼠」成員們，忙得**不可開交**，每天都差不多準時十點才抵達宿舍。

羅賓那兒，一直沒辦法打聽到地下室的情況，皆因長腳蜘蛛總是守在地下室門口，蟑螂羅賓根本找不到機會進去查看。

這天放學後，沫沫和三位小伙伴到煉藥房集合，由仕哲唸出這幾天的追蹤記錄。

「第一天，惡神在課堂上責備了向沫沫詢問問題的高敏，並懲罰了幾位高年級魔侍去訓練所打掃。惡神在『魔法味蕾』吃了兩個泥魚飯糰和

喝了一杯黑茶。惡神放學後留在備課室備課，到晚上八時離開教學樓回去教師宿舍。惡神備課至半夜兩點才入睡。」

　　「第二天，惡神在課堂上讓沫沫和子研背誦魔侍規範第二章，他**處罰**了低年級的魔侍抄寫魔侍守則。惡神在『魔法味蕾』吃了兩個泥魚飯糰，喝了兩杯黑茶。放學後惡神留在學生會處理事務，傍晚繼續讓沒有通過魔法力測試的學生鋤

地和**種植蔬果**。晚上回到宿舍後備課到一點半才入睡。」

「第三天，惡神吩咐一至五年級魔法力落後的魔侍，放學後打掃教學樓和行政大樓外的區域。惡神在『魔法味蕾』吃了三個泥魚飯糰，喝了一杯黑茶。晚上一點半入睡。」

「第四天，惡神處罰學生放學後到行政大樓後面拔草。午餐和晚餐各吃了一個泥魚三明治，喝了一杯黑茶。夜晚兩點入睡。」

「好了！好了！」子研顯得不耐煩，擺手讓仕哲停止繼續唸，「每天都做着差不多一樣的事，不是處罰學生，就是責備學生。連吃的都**千篇一律**，點最便宜的泥魚飯糰或泥魚三明治，喝黑茶，惡神這魔侍還真悶！」

「生活作息那麼規律，做的事也差不多一樣。看起來不像會是可疑魔侍。」仕哲說。

沫沫謹慎地說：「雖然如此，我們也不能擔保惡神不會突然做出可疑的事。」

「沫沫說得對。」米勒附和道，「我們還是謹慎一點，你不知道，惡神幹壞事的時候可不會預先告訴我們。」

子研**盤起雙手**，道：「萬一他半年後才幹壞事呢？我們不是要追蹤悶死人的魔鬼半年？」

「想不追蹤惡神也可以，除非……」仕哲說道。

「除非什麼？」子研高興地看向仕哲。

「除非在我們盯着惡神的時候，又發生古生物逃脫事件。那我們就可以排除惡神是可疑的魔侍，不需要繼續追蹤他。」仕哲說。

「誰知道什麼時候會發生古生物逃脫事件呢？」子研說到古生物時，眼皮**不期然**地又跳了幾下。

「既然不知道，大家還是繼續追蹤吧！」沫沫說。

大夥兒無奈地點點頭，走出煉藥房。

這時，南德走過來對他們說：「『鼯鼠』所

有成員，召開緊急會議！」

沫沫和伙伴們**面面相覷**。

煉藥房內，「鼯鼠」成員們圍着沫沫平常煉藥的桌子坐着。隱秘的雅米巴蟲鑰匙偶爾在牆壁上顯露出眼睛，一眨一眨好奇地看着他們。

「閣士長，你看到影片了嗎？」南德問科靜。

科靜點點頭。

「那我們還等什麼？影片中的流浪漢說看見的是一頭貓臉鱷魚怪物！」

沫沫問道：「真的有貓臉鱷魚怪物嗎？」

「人類世界當然沒有，不過，如果流浪漢沒說謊，那就是古地窖裏逃出來的古生物——烏貓鱷！」

「**烏貓鱷？**」子研重複着這話時，身體不

自覺地抖了一下。他們剛剛才說不知道什麼時候發生古生物逃脫，想不到馬上就**應驗**了。

「烏貓鱷是一種生活在地底下的生物，不喜歡日光，喜歡潮濕的地下水道，主要以蛇鼠類為食。對人類好像沒有攻擊性，但身上會釋放令人致命的病菌。」

「致命的病菌？那這次放出烏貓鱷的魔侍，是希望人類因為烏貓鱷而感染病菌死亡嗎？」仕哲說。

「什麼？為什麼有魔侍希望人類死亡？」米勒吃驚地問。

葛司瞄了眼米勒，說道：「魔侍和人類並不是一直都**和平共處**。」

沫沫和其他小伙伴感到很吃驚，他們還是頭一回聽到魔侍與人類不是和平共處的事。

「現在最重要的，是找出這隻烏貓鱷，趕緊送回去古地窖。」科靜說。

「對！我們今天晚上就行動。」南德急急地

說。

科靜看了眼大家，說：「不，你們必須再等一等。」

「為什麼？難道要等到有人類染病才去抓捕嗎？」南德不能理解地問。

米勒也**忍不住插嘴**：「絕對不能讓那可怕的烏貓鱷傷害任何生物，包括動物。」

科靜望向米勒，米勒趕緊低下頭來。他還是頭一回在科靜面前發表意見呢！

「我知道大家對於抓捕古生物很着急，但我們必須找到**源頭**，抓到放出古生物的魔侍，不是嗎？」

「那我們該怎麼做才好呢？」沫沫不禁問。

科靜眯着眼想了想，說：「『鼴鼠』行動不能停，你們繼續追蹤可疑魔侍的身分，至於這次出現在人類世界的烏貓鱷……我會去查探。」

「閣士長你自己去查探？」葛司問。

「你擔心我這個前閣士長的安危嗎？」科靜

笑笑說。

「不，不。我當然知道科靜閣士長獨自查探不會有問題，只是，我想自己親眼證實那是什麼生物。」萵司坦白自己的意圖，他對於追求真相和查探各種可疑的事非常熱衷，甚至可以說樂在其中，簡直是個**一絲不苟**的查探迷。

「呵呵，萵司你還真是沉迷於工作。」

「熱愛工作是我的優點。」萵司一本正經地說。

「好，我會將所看到的，**一五一十**重述給你們聽。如果沒有問題，就這樣吧！」

科靜說完後，就解散會議。

第十三章

錯身而過

夜晚，一個黑影突然閃現在C市某流浪漢聚集的地下街道入口。

她身穿**寬鬆衣裳**，頭部圍繞着頭巾，臉上戴着一副金邊眼鏡。她，正是偽裝成人類打算潛入地下街道查探的科靜。

科靜走進地下街道，四周躺着三三兩兩的流浪漢，一股異味**沖入鼻翼**，科靜皺了皺眉，兩眼環視周遭的流浪漢。

走了好一段路，她發現了與影片中的流浪漢相似的人。她走過去，拿出麵包，對他說：「給我說說你看見的怪物吧！」

那流浪漢抬起頭，看到火腿麵包，露出欣喜的面容，但伸出的手又縮了回去，道：「不，我才不要跟你說。」

「為什麼？」

「大家都認為我亂說，為了拿酬勞才演這一齣戲！其實那個拍影片的人根本就沒有給我好處！連麵包都沒有一個！」流浪漢悻悻然說着時，眼睛直盯着麵包，最後他還是忍不住把麵包搶過去，大口吃了起來。

「別急，我還有。」科靜又從袋裏取出一罐咖啡和肉乾，流浪漢兩眼發光，說：「好，我跟你說！」

科靜打聽之後，走向流浪漢指向的下水道。

「你被吃掉可不關我事啊！」流浪漢見科靜走過去時害怕地說。

科靜沒有理會他，繼續往裏面走去。

前面就是下水道了，科靜為了不打草驚蛇，使出隱身力隱去了身影。

同時，她也使用飛行力，緩緩飛行在下水道中。這時，她聽見了「啪嗒啪嗒」，像是有生物走在潮濕地面的聲音。

「想不到這傢伙如此**明目張膽**！」

那生物爬得極快，科靜立即循着聲音追上去。

沫沫在煉藥房內提煉移行緞帶。科靜剛才吩咐她準備至少一條移行緞帶給她，但沫沫來不及提煉好，科靜知道後說沒關係就先離開了。

這時間，已接近晚上九時。沫沫看着剛煉好的三條移行緞帶，想了想，自語道：「仕哲應該還在追蹤惡神，反正我沒事做，用一條移行緞帶移行去 C 市，送一條移行緞帶給科校長，再用一條移行緞帶回魔女宿舍。嗯，時間上應該沒問題。」

於是，沫沫立即拋出緞帶，「嘭」的一響，她瞬間消失了蹤影，移行到 C 市下水道中。

使用移行緞帶有個**先決條件**，必須對那地

方有印象才能順利移行，沫沫在影片中看過下水道，因此她準確地來到下水道。

一抵達她就聽見奇怪的聲響及呼呼的風聲，沫沫驚覺到科校長可能在她前方！於是，她立即施展隱身力及飛行力跟上科校長。

此時，沫沫聽見水聲往左邊移動，趕緊朝左邊飛去，突然，她感到後方有一陣快速的風越過她，下一秒，她卻在前面看到科靜顯現了身影。

沫沫趕緊顯出身影，並喚道：「科校長！」

「沫沫，你來得正好，雖然這烏貓鱷跑得快，但要抓住牠不會太難，你幫我擋住牠的去路。」

「好，我先飛去前面。」

「要小心，烏貓鱷很**狡詐**，會四處鑽動，而且下水道是牠的地頭，一不注意很容易跟丟。」

「我知道了。」

沫沫將移行緞帶交給科校長後，立即追了過去。

沫沫循着啪嗒的水聲追蹤，直到水聲落在她身後才轉過頭，此時她瞧見了科靜的身影，那身影拐向右邊的通道，沫沫感到**莫名其妙**，心想：「科校長不是要我截斷烏貓鱷的去路，然後她在後面趁機抓住牠嗎？」

沫沫一時沒想太多，怕是科靜改變了計劃，於是她跟着科靜走去，誰知下一秒科靜卻不見了身影！

「沫沫，烏貓鱷逃了！」

沫沫身後突然又傳來科靜的聲音，她疑惑極了，心想：「難道剛才看到的不是科校長？」

這時科靜已來到沫沫身邊，她問沫沫：「為什麼突然轉變方向？你不是已經截住烏貓鱷的去路嗎？」

「可是我看到你走過去另一邊的通道……」沫沫感到**一頭霧水**。

科靜一聽，凌利的眼神馬上發現前方水面有一灘凝膠狀物體，道：「是模仿菌！沫沫你被矇

騙了！」

「模仿菌？」沫沫更困惑了，突然她恍然大悟，道：「有其他魔侍在這裏？」

科靜嚴肅地點點頭，她聽到左前方有些聲響，追上去時説：「烏貓鱷還在前面！」

「提希而，騰空！」沫沫唸出飛行力咒語，趕緊追上科靜。

前面就是地下水道出口，科靜知道再不加快會讓可疑魔侍溜走，於是她同時使用了飛行力和速度力，快速來到出口處，但她突然急速「剎車」！

與此同時，一張彈性十足的網撒下來了！

原來出口處竟然布置了一道機關，幸好科靜**眼睛銳利**，及時躲過了網狀機關！

不過，被科靜追蹤的烏貓鱷和可疑魔侍就沒那麼幸運了。

只見快速縮回去的彈性網內有個身影在掙扎，而烏貓鱷應該被他抱着，看起來就像懸在網

內扭動不停！

　　沫沫在後方，看到眼前的網狀機關，及時停住，但她立刻發現入口處似乎布下了多道網狀機關，因為彈性網又從不同地方向她和科靜撒過來了！

　　科靜和沫沫**狼狽地**閃躲，使用速度力左拐右跳地從幾道網狀縫隙中鑽來鑽去，在她們閃躲的同時，沫沫發現有個人影在出口附近張望。

　　「是人類！」沫沫驚訝地對科靜説。

　　科靜知道她必須從彈性網撒下來的縫隙中瞬間移動到可疑魔侍被抓捕的網前，帶走可疑魔侍，因為魔侍絕對不可以被人類抓住！與此同時，她必須確保自己的**安全**，回到魔法學校內。

　　她急急對沫沫吩咐：「我必須讓莫粟使用火箭沖，在莫粟帶我衝回去校長室那一刻，沫沫你馬上回到校長室。」

　　沫沫還來不及回應科靜，科靜喊道：「現

在！」

　　科靜使用了沫沫給她的移行緞帶，瞬間移動到可疑魔侍的網前，快速唸出衝破力：「阿那夾立撲撕——」

　　誰知科靜還未唸出「破」，那網已破開一個大洞！

　　緊接着，科靜眼睜睜看着烏貓鱷被「隱形魔侍」帶上天空，「噗」的一聲消失了蹤影！

　　「想不到可疑魔侍比我先一步使用了衝破力，並在衝出去時使用了火箭沖……」

　　科靜來不及細想，天羅地網已撲過來，她趕緊讓她的修行助使莫粟——一隻罕見的枯葉屬迷你變色龍使出火箭沖！

　　下一秒，科靜已消失了蹤影，而沫沫也及時拋出移行緞帶，「嘭」的一響，下水道內只剩下十多道彈性網還在撒個不停。

　　出口處的人類提着攝像機，他正是度乙諾，站在他旁邊操控機關的，則是淺倉次郎。

「都跑了！怎麼辦？」淺倉次郎看向度乙諾，「想不到我的伸縮天網竟然捕抓不到他們！我真是太低估魔侍的能耐了！」

「不怕！至少我拍到了啊！」度乙諾歡喜地拍拍心愛的攝像機說着，然後按下列印的按鈕。

攝像機下方滑出長條狀的照片。度乙諾興奮地抓起來看，卻馬上變了臉。

「怎麼了？」

淺倉次郎趕緊望向照片，不是模模糊糊的影子，就是**曝光過度**的照片，根本看不出是什麼。

原來科靜和沫沫躲避時也使出了隱身力，雖然偶爾可以看到身影，但移動速度太快，相機根本捕捉不到她們的身影，而最後一張是科靜使出火箭沖時的照片，火箭沖的光暈讓照片曝光過度，完全無法顯影。

「啊！我竟然錯過這個**千載難逢**的機會！

啊！不！我為什麼那麼差勁？明知道她們可能使出發光和隱形的招數！不！」

度乙諾懊惱地哀嚎。

第十四章

尾聲

科靜和沫沫順利回到校長室內。

科靜的修行助使莫粟由於使用了火箭沖，正在辦公室內的小樹模型上**呼呼大睡**。

沫沫喘口氣，問道：「科校長，剛才是不是出現了可疑魔侍？」

「是。可疑魔侍身邊帶着模仿菌，非常狡猾。」

「我還是第一次遇到模仿菌，想不到模仿菌連你的樣子都能模仿。」沫沫說。

「模仿菌可變大縮小，不過它們還是有很大的缺點，比如它無法模仿我們的皮膚，所以很容易被看穿。」

沫沫似乎**驚魂未定**，剛才的一幕來得太快太突然，而且居然還有人類發現了他們。

科靜知道沫沫在想什麼，説：「雖然抓不到可疑魔侍，但我們知道了有人類關注着魔侍，而且慶幸的是，可疑魔侍沒有被人類抓住。」

　　「不過我們已經打草驚蛇。可疑魔侍知道我們在追蹤他。」沫沫説。

　　科靜點點頭道：「嗯，也許有一段時間可疑魔侍不敢**輕舉妄動**。」

　　「是嗎？」沫沫不敢放鬆，總覺得隱隱約約有一些不好的事正在進行着。

　　「不用太擔心。至少我們得到了重要的情報——這名魔侍利用模仿菌來幫助他的行動。」

　　「嗯。」沫沫應答着。

　　「不管將來發生什麼事，我們都要相信自己能勇敢面對和應付。」科靜説着，手掌拍拍沫沫的肩膀，「這次幸好有你幫忙。要不是你，我一定沒辦法發現模仿菌的存在。」

　　沫沫不好意思地晃晃頭，道：「我是**誤打誤撞**發現的，而且也沒有實際幫到校長什麼忙。」

「對了，你怎麼會突然用移行緞帶過來找我呢？」科靜問。

「我煉好緞帶時，有一種感覺，好像科校長會需要用到移行緞帶，所以就私自移行到下水道了，對不起！」沫沫以為科靜要責備她**魯莽**行動，誰知科靜居然欣喜地說：「沫沫，你的魔覺力又覺醒了！」

沫沫感到**一頭霧水**。

「魔覺力覺醒的特質之二，就是準確的預感！你預先感知到我需要使用移行緞帶，而且還果斷地行動了。」科靜說着，心情愉悅地過去替正在熟睡的莫栗蓋上一層薄被。

沫沫雖然不明白擁有魔覺力有什麼**過人之處**，也不明白魔覺力到底是什麼，但她似乎也感染到科靜的喜悅，認為魔覺力覺醒肯定是一件不錯的事。

尼克斯魔法學校的某個角落，一位魔侍和烏貓鱷突然出現在陰暗的房內。

他身上沾了人類特製的腐蝕品，皮膚有些地方潰爛了。

他趕緊從櫃子取出藥粉來塗抹。由於傷口潰爛了，塗上去時產生劇烈的疼痛，他忍耐着藥粉帶來的刺痛，全身氣憤地顫抖着。

「**人類是魔侍的敵人**！我不會放任卑鄙無恥的人類活在世上！」

烏貓鱷感受到他的憤怒，害怕得往後退去。

「別害怕，你我都有共同的敵人，我不會傷害你。不過，為了不讓其他魔侍發現你在這裏，唯有委屈你了。」

説着，他打開地板，地板下傳來詭異的**嘶哑叫聲**，烏貓鱷似乎很害怕，對那魔侍晃晃頭，拒絕進入地板下。

他發出「嘖」的一聲，説了句：「沒用的傢伙」，然後迅速唸出：「撕祭息魔，撕裂！」

烏貓鱷突然兩眼突出，張大着嘴卻發不出聲音，接着就被推到地板下去了。

　　地板被重新蓋起來，地板下的嘶啞聲也漸漸消去，好像什麼都沒有發生，一切如常。

沫沫很想去看望母親，但一直無法得知母親工作的確實地點。

子研因為跟蹤「惡神」萬聖力老師而沒有空理會志沁，志沁遷怒沫沫，認為是沫沫離間他和子研的關係。

某天，沫沫被學生會長康拉德指派負責招待惡神的重要賓客，志沁利用魔法怪物暗中搞鬼，導致沫沫被惡神處罰。

沫沫被懲罰到鋪滿黑黴菌的古老實驗室打掃，據說來這兒的魔侍都會染上可怕的腐爛病，沫沫硬着頭皮去打掃，卻陰差陽錯得知母親工作的部門⋯⋯

**想與沫沫一起探索魔法世界？
請看《魔女沫沫的另類修行6》！**

魔女沬沬的另類修行 5

追蹤魔侍任務

作　　者：蘇飛

繪　　圖：Tamaki

責任編輯：黃稔茵

美術設計：李成宇

出　　版：新雅文化事業有限公司

　　　　　香港英皇道499號北角工業大廈18樓

　　　　　電話：(852) 2138 7998

　　　　　傳真：(852) 2597 4003

　　　　　網址：http://www.sunya.com.hk

　　　　　電郵：marketing@sunya.com.hk

發　　行：香港聯合書刊物流有限公司

　　　　　香港荃灣德士古道220-248號荃灣工業中心16樓

　　　　　電話：(852) 2150 2100

　　　　　傳真：(852) 2407 3062

　　　　　電郵：info@suplogistics.com.hk

印　　刷：中華商務彩色印刷有限公司

　　　　　香港新界大埔汀麗路36號

版　　次：二〇二二年十月初版

ISBN: 978-962-08-8108-4